KB195109

# 꼬리에 꼬리를 무는 복수

# 꼬리에 꼬리를 무는 복수

고슴도치의 황당한 복수

**1판 1쇄** 2024년 11월 15일

**글** 이상권 **그림** 고담

**펴낸이** 모계영 **펴낸곳** 가치창조 **출판등록** 제406-2012-000041호
**주소** 경기도 고양시 일산동구 중앙로1347, 228호(장항동, 쌍용플래티넘)
**전화** 070-7733-3227 **팩스** 031-916-2375 **이메일** shwimbook@hanmail.net

ISBN 978-89-6301-395-4 (73810)

ⓒ 이상권, 고담 2024

※ 이 책의 내용과 그림은 무단 복제하여 사용할 수 없습니다.
※ 잘못된 책은 구입하신 서점에서 바꿔 드립니다.

**단비어린이**는 가치창조 출판그룹의 어린이책 전문 브랜드입니다.

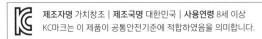

제조자명 가치창조 | 제조국명 대한민국 | 사용연령 8세 이상
KC마크는 이 제품이 공통안전기준에 적합하였음을 의미합니다.

# 꼬리에 꼬리를 무는 복수

## 고슴도치의 황당한 복수

이상권 글 ★ 고담 그림

단비어린이

# 차례

# 황당한 패배

나는 올드 잉글리시 시프도그 '망울이'라고 해.

우리 집은 숲과 마당이 맞닿아 있지. 덕분에 난 날마다 숲에 가서 마음껏 뛰면서 굴을 파고 신나게 놀아. 굴 파기는 내가 제일 좋아하는 놀이야. 그것처럼 재밌는 놀이가 있을까? 아마 너희들도 좋아할 텐데, 같이 놀지 못해서 미안. 헤헤헤!

그날도 나는 굴을 파다가 지혜 목소리를 들었어.

"망울아, 망울아, 언니랑 노올자!"

올해 초등학교에 들어간 지혜는 말만 언니라고 하지 실제로는 동생처럼 구는데, 아이고 말도 마라. 어찌나 개구쟁이인지 진짜 골치 아프다!

나만 보면 끌어안고 레슬링을 하듯이 뒹굴기도 하고, 갑자기 등에 올라타니 어떻게 감당하니? 만약 싫다고 달아나면,

"엄마아, 망울이가 안 놀아 줘!"

막 동생처럼 보채고 우는 흉내까지 내면, 우리 집 서열 1위 마술피리가,

"어허, 망울아. 언니랑 놀아 줘야지, 그러면 안 돼."

하고 쏘아보거든. 그러면 이상하게도 주눅이 들고, 조금 창

피한 말이지만 오줌을 질질 싸고야 만단다, 에구구!

마술피리는 닉네임이야. 이곳에 사는 어른들은 다들 그렇게 닉네임으로 통해.

어쨌든 지혜 비위를 맞추면서 잘 놀아 주어야 해. 그래야만 모든 게 편안해.

내가 그런 생각에 잠겼을 때, 지혜가 목줄에다 긴 줄을 묶었나 봐. 정신을 차려 보니 그 줄이 눈썰매랑 연결된 거야.

"망울아, 어서 끌어야지, 어서!"

풀밭에서 눈썰매라니, 아무리 내가 힘을 준다고 그게 끌려오겠니? 내가 혀가 땅에 닿도록 헉헉거리다가 주저앉자, 지혜가 줄을 풀어 주더라. 이때다 싶어 달아났지.

"망울아, 망울아. 어디 가? 언니랑 노올자!"

지혜가 계속 쫓아오고, 그렇게 다가온 만큼 나도 달아났지.

마당을 지나 숲으로 들어서서 한참을 가다 보니 오래된 무덤 하나가 나왔어.

무덤을 본 지혜가,

"망울아, 무서워. 그만 가자!"

그래도 난 돌아서지 않았어. 무덤 근처에서 다른 동물의 냄새가 났거든.

나도 모르게 코를 앞세우고 그 냄새를 따라가다가,

"이크, 고슴도치다!"

깜짝 놀라고야 만 거야.

아, 글쎄 무덤 앞 우거진 풀숲에 고슴도치란 놈이 숨어 있었다니까.

"와, 고슴도치다!"

지혜도 녀석을 보고는 소리 질렀어. 그놈은 당황했는지 온몸을 벌레처럼 웅크리고는, 독이 든 털을 빳빳하게 세웠지.

나는 앞발로 고슴도치 주위를 파기도 하고, 짖어 대면서 위협도 하고, 뒷발로 흙을 파서 녀석에게 뿌리기도 했지. 아, 그러고는 앞발을 들어 살그머니 녀석을 건드리다가,

"으악, 깨개개갱!"

뒤로 발라당 넘어지고야 말았어.

야, 말도 마라. 그놈의 독침이 내 발바닥을 찌른 거야. 내 발바닥은 밤송이에도 찔리지 않거든. 살다 살다 그렇게 아픈 건 처음이야.

난 간신이 입으로 독침을 빼내고 혀로 발바닥을 핥았어.

그것을 보고 있던 지혜가 깔깔깔 웃어 대면서,

"고슴도치, 승! 망울이, 패!"

그 말을 듣자 슬슬 짜증이 나는 거야. 그래도 내가 유명한 사냥개 집안인데 체면이 있지. 화가 나서 맹렬하게 짖어 대기

시작했어. 뭐 그랬을 뿐, 발로 내리칠 수도 없었고, 달려들어 물어뜯을 수도 없잖아? 그놈은 내 상대가 되지 않았는데도 마음대로 할 수 없다는 사실에 더 약이 올랐고, 그래서 더 크게 짖어 댄 거야.

# 공이 된 고슴도치

근데 뜻밖에도 우리 집에서 서열상 꼴찌인 그린핑거가 나타난 거야. 우리 집 서열 1위는 마술피리, 2위는 윤지혜, 3위는 나 망울이, 4위는 그린핑거거든.

암튼 내가 짖어 대는 소리를 듣고 그린핑거가 나타나자,

"아빠아, 망울이가 내 말 안 들어!"

지혜가 달려가서 안겼어.

비록 서열은 내 아래라고 하지만 그래도 인간이잖아? 그러니 내가 눈치를 볼 수밖에 없지. 난 꼬리 치면서 고슴도치가 있다고 소리쳤어.

그린핑거도 고슴도치를 알아보고는,

"이야, 고슴도치네! 허허, 야생 고슴도치를 보다니!"

휴대폰을 끄집어내서 사진을 찍어서 마술피리한테 카톡으로 보내고 야단이야. 자세한 것은 몰라도 아마 이렇게 답장이 온 것 같아. 여보, 나도 야생 고슴도치 보고 싶으니까, 어떻게 해서든 집으로 데려오라고.

그린핑거는 지혜를 보고는,

"엄마가 무조건 고슴도치를 데려오라고 하네. 어떻게 데려가냐? 아, 괜히 말했어."

그런 그린핑거를 본 지혜는 어느새 재밌다는 표정을 지으면서,

"글쎄, 나도 모르겠어."

괜히 나를 손가락질하는 거야. 나한테 물어보라는 뜻이지. 근데 나라고 좋은 방법이 있겠니?

그린핑거는 한참 생각하다가 갑자기 운동화를 벗더니, 그 속에다 손을 집어넣어서 고슴도치를 살포시 들었단다.

"와아, 기발하다!"

나도 모르게 그렇게 소리쳤어. 두 개의 신발 바닥이 고슴
도치를 밀착하여 떨어지지 않게 하였거든.


그린펑거는 고슴도치를 마당에다 내려놓자마자,

"웩, 똥 냄새! 설마 내 신발에서 나는 건 아니겠지?"

자기 신발을 보았지만, 그 어디에도 똥 묻은 흔적이 없었
지. 그러더니 나를 보고는,

"너구나! 너 또 똥 먹었지?"

아, 갑자기 의심받은 나는 아니라고 소리쳤지. 억울해, 난
진짜 아니거든.

그때 근처에 있던 똥파리 한 마리가,

"이건 똥 냄새가 아니라 뭔가 썩는 냄새야. 아마 저 고슴도
치가 죽어서 썩어 가나 봐."

그러면서 고슴도치 쪽으로 날아갔어. 난 그 말을 믿을 수
없었어. 그런데 정말 고슴도치 몸에 수십 마리의 파리들이 달

라붙어 있는 게 아니겠어.

고슴도치 살에 붙은 파리들이 약간 당황하면서,

"이상하다. 냄새는 나는데, 왜 썩은 부위가 없을꼬?"

아무리 찾아봐도 썩어 가는 살을 찾을 수가 있어야지.

그제야 난 키득키득 웃었지.

"이야, 저놈 제법 머리 좋네. 자기가 죽은 것처럼 한 다음, 썩은 냄새를 뿜어내고 있구나! 나는 죽어서 몸이 썩어 가니까, 어서 꺼지라고! 그렇게 속임수를 쓰고 있구나!"

똥파리들도 감쪽같이 속을 정도였으니, 대단한 놈이잖아?

해님이 서쪽 봉우리에 걸터앉을 무렵, 마술피리가 고슴도치를 숲으로 돌려보내자고 하였어. 수많은 사람이 와서 고슴도치를 구경하고 사진을 찍었거든.

지혜가 고슴도치를 키우겠다고 하자, 어른들이 안 된다고 설득하는 데 두 시간이나 걸렸고, 이래저래 종일 벌을 서듯이 웅크리고 있던 고슴도치는 지쳐 갔어.

어쨌든 사람들이 다 돌아가고 나자 지혜가,

"엄마, 고슴도치 털 속을 자세히 봐. 진드기가 엄청 많아."

그렇게 말하는 거야.

그건 나도 몰랐는데 자세히 보니 사실이었어. 그놈의 뾰족 뾰족한 털 사이사이로 통통하게 피를 빨아먹고 있는 진드기 들이 보였고, 난 그놈 근처에도 가기 싫었어. 내가 가장 싫어 하는 게 진드기였으니까. 으, 생각만 해도 몸이 떨린다!

마술피리가 혀를 끌끌 차더니 어쩔 수 없다고 하는 거야.

그래도 지혜는 포기하지 않고,

"고슴도치가 불쌍해. 진드기를 잡아 주고 싶어."

지혜가 보채자 마술피리가 긴 핀셋을 가지고 와서 진드기 를 잡아내기 시작했지. 고슴도치의 털에 닿으면 안 되니까 조 심조심.

근데 말이야, 놀랍게도 지혜가 마술피리보다 더 진드기를 잘 잡아내더라.

마술피리는 잠깐 눈을 깜박였지. 조금 전까지만 해도 뾰족 하게 솟은 고슴도치의 털이 얌전하게 눕혀져 있었으니까.

마술피리는 고개를 갸우뚱하면서도 지혜한테,

"어, 조심조심!"

하고 소리쳤지. 그러나 말거나 지혜는 마치 놀이하듯이,

"또 잡았다! 와, 진짜 크다!"

연달아 소리치면서 모두 스물세 마리나 잡았어. 그러고 나

서야 고슴도치를 풀어 줬지.

그린펭거가 고슴도치가 있었던 그 무덤 앞에 고슴도치를 내려놓았어.

사람들이 다 돌아갔지만 나는 가지 않았어.

도대체 어떻게 생겼는지 녀석의 얼굴을 꼭 보고 싶었거든. 진짜 그랬을 뿐이야. 녀석이 종일 머리를 처박고 있어서 얼굴을 보지 못했으니까.

난 숨어서 지켜보다가 녀석이 움직이자 따라간 거야. 진짜 상대를 해칠 마음은 눈곱만큼도 없었다고! 맹세한다니까!

내가 따라가자 고슴도치는 놀란 것 같았고. 재빠르게 몸을 웅크리더니 이번에는 산비탈 아래로 공처럼 굴러가는 거야.

와, 그건 정말 놀라운 재주였단다. 그 뾰족뾰족한 털에 마른 나뭇잎이 꿰이고 또 꿰이자 녀석은 진짜 동글동글 공이 되어 버렸거든.

그 공은 순식간에 사라져 버렸어. 그리고 잠시 뒤,

"찌이잇!"

비명이 골짜기를 흔들었어.

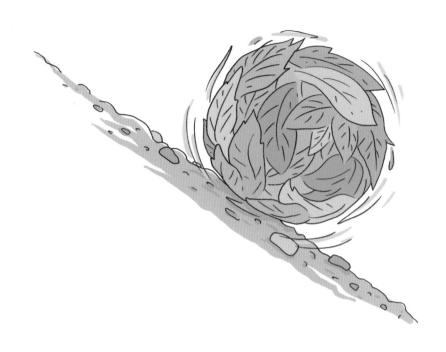

난 불길한 생각이 들었고, 한동안 녀석을 찾아보았지만, 그
흔적조차 찾을 수 없었지. 그렇게 된 거야.

# 누가 뱀을 물어다 놓고 갔을까?

자, 이 이야기는 지금부터 본격적으로 시작되는 거니까, 잘 들어 봐.

그런 일이 있고 나서 스무 밤쯤 잤을까?

나는 마당과 숲의 경계에 있는 벚나무 밑에 있는 굴속에서 나오다가,

"깨갱!"

놀라면서 엉덩방아를 찧었어. 세상에나! 굴 앞에 살모사가 똬리를 틀고 있는 거야. 미치고 환장할 노릇이지.

난 떨리는 마음을 진정시킨 다음 조심조심 기어갔단다. 뱀

이란 놈들은 목을 빳빳하게 세우고 상대를 노려보면서 공격한다는 거 다 알지?

그런데 이 녀석은 내가 몇 번이나,

"야, 좋은 말로 할 때 꺼져라. 나 화나면 엄청 무섭다. 난 털이 많아서 뱀이 물기 힘들다는 것도 잘 알지?"

그래도 전혀 움직이지 않아. 그러니 더 긴장할 수밖에.

"진짜 해 보자, 이거지!"

나는 앞발로 툭 건드렸다가, 뱀이 꿈틀대자 다시 비명을 지르며 달아났지. 사실 난 뱀을 무서워하거든. 그놈들은 무시무시한 독을 가지고 있잖아?

그래도 상대가 달아나지 않으니 피할 수가 없었어. 뱀하고의 싸움은 권투 시합이랑 똑같아. 권투 선수처럼 잽을 날리듯이 앞발로 내리치면서 상대의 빈틈을 노려야 해. 그러니 뱀하고의 싸움은 장기전이 될 수밖에 없지. 성급하게 입으로 공격하다가는 뱀의 송곳니에 물려 낭패를 당하고야 말 테니까.

어쭈, 이놈 봐라. 아무리 앞발로 내리쳐도 상대는 전혀 움직이지 않아.

　나는 이때가 기회라고 생각했고, 재빠르게 달려들어 녀석을 물고는 마구 흔들어 대다가 멀리 팽개쳐 버렸지. 살모사는 공중으로 떠올라서 마치 날아가듯이 쭉 펴지더니 테라스 앞에 있는 파라솔 밑으로 떨어졌어.

하필 그때 마당으로 나오던 지혜가 그것을 보고는,

"으악, 뱀이다! 뱀이 날아왔다! 엄마, 뱀, 뱀, 뱀, 뱀!"

그러자 마술피리가 뛰쳐나오더니

"으아악!"

딸보다 더 크게 비명을 질러 댄 거지.

평소 같았으면 내가 뛰어갔을 테지만 오늘은 사정이 다르
잖아? 난 굴에서 머리만 내밀고는 식구들의 동태를 살폈지.

집에서 뛰쳐나온 그린펑거도 뱀을 보고 쩔쩔매면서,

"아니, 하늘에서 뱀이 떨어지다니, 이게 대체 무슨 일이야?
새가 물고 가다가 떨어뜨렸나?"

하늘을 보았지만 날아가는 새 한 마리 보이지 않았어. 다행
히 식구 중 아무도 나를 의심하지 않았다는 말씀!

그다음 날 새벽에도 나는 나오다가,

"깨갱!"

하고 소리쳤어.

굴 앞에 또 살모사가 있는 거야. 꿈인가, 하고 앞발로 눈을

비벼 대자 뱀이 더 또렷하게 보였지. 뱀은 그 무서운 머리를 굴 쪽으로 향한 채 늘어져 있는데, 어제보다 더 컸어.

"아, 돌아 버리겠네! 대체 누가 이런 짓을 하는 거야?"

나는 큰소리로 투덜거리면서 뱀 쪽으로 간 다음, 앞발로 톡톡 건드렸지.

"뱀은 왜 죽어서도 무서운 거야! 아, 재수 없어."

나는 어제보다 더 거칠게 흔들다가 팽개쳤어. 뱀은 숲으로 날아갔을 거야.

그 뱀 때문에 나는 아주 예민해졌지. 있잖아, 작은 노끈이나 칡덩굴 혹은 숲에 뒹구는 길쭉한 나무만 보아도 깜짝깜짝 놀랐으니까.

한번은 민달팽이를 보고는 깜짝 놀라서,

"야. 깜짝 놀랐잖아!"

괜히 뒷발로 마구 흙을 파서 뿌리기도 했을 정도로.

그다음 날도 굴 앞에 뱀이 있었어.

나는 먼먼 조상이었던 늑대처럼 고개를 들어 소리치려고도

해도 말이 나오지 않았어. 그만큼 황당하고 놀랐나 봐.

"누가 장난치는지 모르겠지만, 진짜 나한테 잡히면 뼈까지 다 아삭아삭 씹어 버릴 테다!"

나는 그 뱀을 물어 팽개쳤는데, 이번에는 주차장으로 가던 마술피리 앞으로 떨어졌어.

"끄아악!"

마술피리가 비명을 질러 댔어. 마술피리는 가슴을 움켜쥐고는 얼굴이 하얘지면서 그 자리에 굳어 버렸지. 얼마나 놀랐는지 그린핑거가 뛰어오자,

"여보오!"

남편의 품에 안겨 울어 버렸어.

그린핑거는 토닥토닥 마술피리를 달래어 차 안으로 들어가게 한 다음 삽을 가져와서 뱀을 치웠지.

그러자 마술피리가 나를 불러 대는데, 이럴 때 피했다 가는 나중에 더 큰 벌을 받을 수도 있다는 것을 잘 알고 있었어. 그래서 마당으로 나갔지.

"망울아, 너 왜 그러는 거야? 저번에 그 뱀도 하늘에서 떨어진 게 아니라 네가 팽개친 것이었네. 너 왜 그래? 왜 뱀을 잡아서 그런 짓을 하는 거야? 우리한테 불만 있어? 우린 이 집으로 이사 와서 망울이 네가 가장 행복한 줄 알았는데, 그게 아니야?"

어차피 말해도 통하지 않으니까, 그저 잘못했다고 배까지 내보이면서 뒹굴었어.

마술피리는 앞으로 계속 이런 짓을 하면 내가 좋아하는 동굴 파기를 금지하겠다고 하면서, 제발 이런 장난을 하지 말라고 부탁하였어.

# 난 범인이 아니라고!

나는 그날 종일 아무것도 먹지 않았지. 아래 아랫집에 사는 래브라도 레트리버 망고가 와서 같이 놀 때도 흥이 나지 않았어.

망고가 왜 그러냐고 물었을 때도,

"몰라!"

그냥 짜증 난다는 투로 대답했을 뿐.

밤이 되어도 잠이 오겠니? 대체 누가 그런 장난을 하는지 꼭 알아내야만 하잖아? 더구나 억울한 누명까지 썼으니 말이야.

난 잠을 자지 않고 있다가 마당으로 엉금엉금 기어가는 두
꺼비가 보이자,

"얌마, 꺼져!"

발로 툭 차면서 괜히 화풀이했지.

아무튼 해가 떠오를 때까지 아무런 일도 생기지 않았어.

그제야 하품을 하면서 잠이 들었다가,

"으악!"

마술피리의 비명을 들었어. 곧이어,

"망울아!"

하고 소리치더군. 그건 평소 화났을 때의 낮은 목소리가 아니야. 지금까지 한 번도 들어 본 적이 없는, 귀청이 찢어질 정도로 날카로운 쇳소리 같았으니까.

"망울아, 너 빨리 나오지 못해!"

나는 무슨 일인가 하고 나갔다가, 마술피리가 빗자루로 땅바닥을 세게 내리치자,

"깨갱!"

하고 꼬리를 내리며 주저앉았어.

마술피리는 마구 빗자루로 땅바닥을 내리치면서,

"너 미친 거야, 뭐야? 대체 왜 그러냐고! 왜, 왜, 왜?"

소리치는데 정신 나간 사람 같았어.

그린핑거가 나와서 끌어안고 간신히 달랬어.

놀랍게도 현관문 앞에 살모사 한 마리가 죽어 있지 뭐니!

그린핑거가 삽으로 그 뱀을 치우면서,

"아니, 개가 뱀을 물어다가 현관문 앞에다 놓다니. 이걸 대체 어떻게 이해해야 하는 거지? 이걸 어디다 상담해야 하는 거지? 하아, 진짜 돌아 버리겠네. 그렇다고 말도 통하지 않는 개를 추궁해 봤자……. 망울이, 네 이놈. 오늘부터 동굴 파는 것 금지다. 그리고 숲에 있는 동굴을 다 폐쇄할 거야!"

하고는 곧장 숲으로 갔어.

나는 너무 억울해서,

"제발, 제 말을 믿어 주세요, 난, 난, 난, 진짜 몰라요! 난 안 그랬어요!"

안간힘을 다해서 말하고, 몸짓으로 표현하고, 눈물까지 글썽였어. 그래 봤자 인간들이랑 말이 통할 리 없잖아?

나는 처음으로 개로 태어난 것이 슬펐어. 이렇게 살 바엔 죽어 버리던가 어디론가 떠나고 싶을 정도로.

숲으로 간 그린펑거는 동굴이 보일 때마다 큰 돌로 막아 버렸어.

"앞으로 육 개월간 굴 파는 것 금지! 만약 굴 파다가 들키면 마당에다 말뚝을 박고 묶어 놓을 테니까 그리 알아!"

내가 가장 좋아하는 놀이를 못 하게 하다니, 그게 얼마나 끔찍한 벌인지 너희들은 잘 알 거야? 나는 눈앞이 캄캄했지. 더구나 억울한 누명까지 쓴 상태였으니, 종일 우울할 수밖에.

지혜가 다가오더니,

"망울아, 너 왜 그랬어?"

하고 달래 주는데, 어찌나 눈물이 나던지.

"내가 안 했어. 난 안 했다고……."

하는데, 지혜가 이렇게 말하는 거야.

"거짓말하면 안 돼."

"거짓말 아냐. 내가 몇 번 뱀을 물어서 던진 것은 사실이지만, 현관 앞에다 뱀을 물어다 놓지는 않았어. 진심이야. 믿어 줘."

그러자 지혜가 내 목을 끌어안고는,

"그럼 누가 그랬다는 거야? 다른 집 개들이 그랬을 리도 없잖아?"

하고 묻자, 할 말이 없는 거야.

그래서 한참 있다가 이렇게 말했을 뿐이야.

"나도 몰라. 근데 난 아냐, 진짜 난 아니라고."

지혜는 그냥 내 머리를 쓰다듬어 주었어. 나를 믿는다는 표정이었지.

나는 큰 돌이 동굴에 박힌 것을 볼 때마다,

"아, 너무해!"

하고 절망했어. 꼭 내 목구멍에 돌이 박힌 것 같았단다. 그나마 다행스럽게도 내가 파 놓은 일곱 개의 동굴 중에서 보물 1호는 무사했지.

그 동굴은 공사 기간만 해도 두 달이 넘게 걸렸으니 얼마나 정성을 들였는지 알 수 있지? 다른 굴하고 달리 비상 탈출구도 따로 만들었을 정도로 정성을 들인 거야. 근데 왜 그린펭거가 그 동굴은 막지 않았느냐고? 그야 눈에 띄지 않았기 때문이지. 그만큼 그 동굴이 완벽하다는 뜻이겠지.

밤이 되자 나는 한숨도 자지 않고 집 주위를 돌아다녔지. 심지어 새벽에 비가 내릴 때도 마당을 떠나지 않았어. 비가 그치자 숲에서 내려온 안개가 마당에 가득 찼어. 더 예민해진 나는 집 주위를 한 바퀴 돌고 현관 앞으로 왔다가,

"아아아, 진짜, 진짜 돌아 버리겠네!"

그 말밖에 나오지 않더라. 하아, 현관 앞에 또 뱀이 있었다

니까!

나는 식구들이 나오기 전에 얼른 그 뱀을 물어서 마구 흔들어 대다가 팽개쳤어. 안개 속으로 날아간 뱀은 근처 계곡으로 떨어졌을 거야.

"뭐야, 귀신이야? 귀신이 아니고야 어떻게 이런 일이 일어날 수가 있냐고!"

나는 마당을 뱅글뱅글 돌면서 계속 소리쳤지.

# 고슴도치의 복수

아침에 현관문을 열고 나오던 그린펑거는,

"휴! 여보, 오늘은 뱀이 없다!"

하고 소리치더군. 당연히 내가 뱀을 치웠다는 것을 모르는 그린펑거는,

"여보, 동굴을 다 막아 버렸더니 망울이가 이제야 정신을 차린 모양이네."

그러자 잠시 뒤 마술피리가 나오더니 나를 보고는,

"그래, 뭔지 모르겠지만, 망울이가 우리한테 불만이 있었나 봐. 아무튼 그런 짓을 해서는 안 되지. 나 진짜 심장이 멎을

뻔했다고, 망울아. 이제 제발 그러지 마."

하고 환하게 웃었으나, 나는 억울하고, 또 억울하고, 억울했지만 하소연도 할 수 없었어.

밤이 되자, 오늘 밤에는 그 정체 모를 범인을 꼭 잡아내고야 말겠다고 턱에다 힘을 주었지. 그리고 현관문 근처에 숨어서 지켜보았어. 날이 밝아 올 때까지 아무런 소리도 들리지 않았어. 나는 마당으로 나와서 현관문 앞을 확인하고, 마당 끝으로 가서 오줌을 싸고 오다가,

"와, 진짜 귀신이 곡할 노릇이네!"

그만 주저앉고야 말았지. 어느새 뱀이 현관문 앞에 늘어져 있네!

나는 얼른 그 뱀을 물어서, 이번에는 화풀이하듯이 마구마구 흔들어 대다가 팽개치는데, 공중으로 높이 높이 솟구친 그놈이 마당 한복판으로 떨어졌어. 짜증 나고 화가 나서 마구 앞발로 내리치고 다시 물어서 팽개쳤지. 이번에는 계곡으로 날아갔어.

나는 즉시 소리쳐서 친구를 불렀어. 망고가 와서 내 이야기를 듣더니,

"그것참, 알다가도 모를 일이네."

자꾸만 고개를 갸우뚱거리고는,

"너 혹시 누구한테 원한 살 만한 행동한 적 없어?"

그 말을 듣고 생각해 보았는데, 전혀 그런 적이 없는 거야.

이래저래 머리만 터질 지경이었어. 망고랑 같이 고민했지만, 뾰족한 방법이 떠오르지 않았어.


초승달이 산 너머로 지자, 새들이 더욱 요란하게 소리쳤어.

나는 마당가 풀숲에 숨어서 현관 쪽을 지켜보았지. 언제부턴지 말이야, 나는 보이지 않는 상대가 두려워지기 시작했지. 이렇게 숨어도 어디선가 눈에 보이지 않는 그놈이 나를 훔쳐보고 있을 것만 같았어.

나는 동이 터 오를 즈음 일부러 오줌을 싸러 숲으로 가는 척하다가 다시 돌아와 엎드렸어. 누군가 현관문 쪽으로 다가

가더라고.

"이노옴!"

나는 크게 소리치면서 뛰어갔지.

녀석은 뱀을 현관문 앞에다 떨구고 공처럼 몸을 말아서 테라스 아래로 굴러떨어졌어. 그런 다음 테라스 밑으로 난 작은 구멍으로 달아나려고 했어. 난 놓치면 안 된다는 생각으로 달

려들었다가,

"깨갱, 깨개에에!"

떼굴떼굴 굴렀어. 턱이 녹아내리는 것 같았고, 한동안 아무
런 정신이 없었어. 나는 재채기를 해대고 마구 발을 문질러서
간신히 독침을 빼냈지.

언젠가 골짜기 아래로 떼굴떼굴 굴러서 사라진, 바로 그 고

슴도치였다니까!

나는 당장 물어뜯고 싶었지만 그럴 수 없다는 것을 알고는,

"고슴도치, 너였군! 좋아, 일단 왜 그런 짓을 했는지 어디한번 들어 보자."

가슴에서 부글부글 끓어오르는 화를 간신히 달래며 말했어.

그놈이 얼굴을 들고 곧장 나를 향해서 오는 거야. 나는 깜짝 놀라서 피했지.

"왜 이런 짓을 하냐고? 너 때문에 난 죽을 뻔했고, 만약 살아서 나간다면 너한테 복수를 하겠다고 이를 갈았지. 그래서그런 거야."

고슴도치는 분노하듯이 말했어.

복수라니? 나는 황당하다는 표정을 지었어.

"내가 오히려 화를 내고 분노해야 하는데, 복수라니? 난 널해코지한 적 없어. 그린핑거가 널 숲속 무덤가에다 풀어 줄때도, 네 몸에 발가락 하나 대지 않았다고! 그냥 네가 골짜기

아래로 떼굴떼굴 굴러서 내려갔잖아?"

"그래, 너 말 잘했다. 우린 위급한 상황이면 스스로 공이 되어서 굴러가지. 그날도 그랬어. 네놈이 나를 물어뜯을 것처럼 위협하니까, 내가 몸을 공처럼 말아서 굴러간 거야. 근데 재수 없게 골짜기 아래에 인간이 파 놓은 엄청나게 깊은 웅덩이가 있었고, 난 그곳으로 떨어졌지. 하도 깊어서 내 힘으로는 나올 수가 없었어. 난 절망했고, 힘도 점점 빠져나갔어. 그래도 난 포기하지 않았어. 왜냐하면 내 배 속에는 아기들이 자라고 있었으니까. 그래서 버티고, 또 버티고, 그렇게 열흘간이나 버티었어. 내 오줌이랑 똥도 먹고, 흙도 먹고……. 그런 내 마음을 알았는지 신께서 비를 내려 주었고, 빗물이 그 웅덩이에 차오르자 난 밖으로 나올 수 있었지."

고슴도치가 잠깐 말을 멈추자, 그때 비명이 골짜기를 흔들었다는 기억이 또렷하게 되살아났어.

"나도 그때, 네 비명 같은 소리를 들었고, 걱정되어 골짜기 아래로 가서 너를 찾아봤어. 근데 흔적조차 발견하지 못했

지.”

고슴도치는 내 말을 끊으면서,

“그게 다 너 때문이야!”

버럭 소리를 질러 대네.

“그때 인간들은 무덤가에다 나를 풀어 주고 갔는데, 너는 가지 않고 숨어 있었잖아? 그리고 내가 움직이자 쫓아왔잖아! 난 네가 무서워서 공처럼 몸을 굴려 달아나다가 웅덩이에 빠지고 만 거야. 그러니까 순전히 너 때문이지!”

“아니, 아니, 그건 너를 해코지하려고 한 게 아니라, 그냥 네 얼굴을 한번 보고 싶었을 뿐이야. 그냥 그랬을 뿐인데…….”

이상하게도 나는 자꾸만 말을 더듬고 있었어. 순간 그놈이 다시 나를 향해 돌진했는데, 조금만 늦었어도 그 무시무시한 독침 세례를 받았을 거야.


그다음 날 새벽에도 고슴도치는 뱀을 물고 왔어.

내가 막아서자 고슴도치는 뱀을 마당에다 놓고 무조건 사과를 요구했어.

"이 모든 사태가 너 때문에 일어났다는 것을 인정하고, 다시는 그런 짓을 하지 않겠다고 사과하라고!"

하 이것 참……. 난, 고개를 흔들어 댔어. 그것은 개로서 자존심이 걸린 문제잖아? 개가 고슴도치한테 사과하다니, 그게 어디 말이 돼?

고슴도치는 내가 사과하지 않으면 계속 뱀을 잡아 올 것이라고 경고했지.

나는 다시 망고를 불러 이 문제를 의논했어. 망고는 참 곤란하게 되었다면서 생각에 잠겼다가,

"때론 져 주는 게 이기는 거라고. 그러니까 사과하고 사이좋게 지내라고."

그렇게 말하더라고. 그래서 나도 사과하려고 했는데, 새벽에 그놈이 또 뱀을 물고 왔어. 내가 화가 나서 마구 땅을 파며 위협했더니,

"진짜 끝까지 가 보자 이거지? 좋아, 누가 이기나 보자!"

고슴도치는 전혀 겁먹지 않고 나를 향해 돌진하는 거야. 나는 고슴도치를 향해 짖어 대면서 어떻게 해서든 막아 보려고 했지만, 그놈을 어떻게 막냐고?

"어디 할 테면 해 봐, 이놈아! 이제 죽기 아니면 살기다!"

아, 그렇게 달려드니. 나는 간신히 피했지.

고슴도치는 뱀을 물고 현관 앞으로 가서 더 크게 소리치더군.

"딱 삼 일 기회를 주겠다! 그때까지 사과하지 않으면, 그때는 뱀을 잡아다가 인간들이 사는 집 유리창 위에다 걸어 놓을 테다. 그러면 인간들이 망울이 너를 가만두지 않을걸!"

뱀을 유리창에다 걸어 놓겠다니, 아 상상만 해도 눈앞이 캄캄해지더라.

그러니 어째? 나는 그다음 날, 그다음 날까지 아무것도 먹지 않고 고민하다가,

"고슴도치야, 내가 잘못했어. 사과할게. 앞으로는 절대 고슴도치들을 괴롭히지 않을게."

새벽에 고슴도치를 만나, 사과한 거야.

부끄럽게도 개가 고슴도치에게 사과한 것은 그때가 처음이었을 것이야. 후후후!

그나마 다행인 것은 망고가 그 비밀을 누구에게도 말하지 않았다는 것. 진짜 고마운 친구야.

암튼 그 고슴도치는 한참 생각하다가 사과를 받아 주는 대신 조건이 있대.

"너 좋은 동굴을 갖고 있더라? 내가 지금 급하게 동굴이 필요하거든. 그래서 그 동굴을 나한테……."

고슴도치가 말하는 동굴은 내가 가장 아끼는 보물 1호라는 거 알지? 당연히 나는 안 된다고 했어. 그러자 그놈이 다른 동굴도 괜찮다고 했는데, 다른 동굴은 모두 입구가 막혀 있잖아. 그러니 고슴도치에게 줄 동굴이 없잖아.

"야, 몇 개월만 쓰고 돌려줄게. 싫어? 그럼 난 계속 뱀을 잡아 올 거야."

나는 그만 한숨을 토해 냈어. 사과만 하면 모든 문제가 풀리는 줄 알았는데 그게 아니었으니까.

"난 급해. 내일모레까지 시간을 줄 거야. 그때까지 결정해."

고슴도치는 그렇게 말하고 사라졌어.

# 보물 1호에서 살게 된 고슴도치

참으로 힘든 하루하루였단다. 나는 보물 1호에 가서 여기 저기 냄새도 맡아 보고, 내가 물어다 놓은 폭신폭신한 천이나 나뭇잎 같은 것들을 발로 헤집어 보기도 했지. 만약 이곳을 고슴도치한테 뺏긴다면, 살아갈 의욕이 생기지 않을 것 같았 어. 하도 우울해서 물만 조금씩 먹을 뿐 사료도 쳐다보지 않 았어.

그때 지혜가 내 목을 안아 주는 거야.

"망울아, 요새 왜 기운이 없어? 언니한테 말해 봐. 난 다 알 아. 누군가 현관 앞에다 뱀을 가져다 놓는 것도 네가 해결했지?"

나는 말하는 것조차 귀찮았어.

그래도 지혜는 포기하지 않고 내 입에다 과자를 억지로 넣어 주었어. 그 달달한 맛이 온몸으로 퍼져 나가자 묘하게도 기운이 나더라. 이야, 이래서 아이들이 과자를 좋아하는구나 하고 생각했지.

나는 그동안 고슴도치하고 있었던 일들을 들려주었어.

지혜는 놀란 눈빛으로 듣고만 있다가,

"와, 고슴도치 진짜 대단하다! 날마다 어떻게 뱀을 잡아 올 수가 있니?"

하고 고슴도치를 추켜세우다가 돌연 내 눈을 똑바로 쳐다보았어.

"망울아, 망울아. 그런 거라면 고민할 거 없잖아? 우리도 이 집 빌린 거야. 2년간 빌린다는 계약을 했어. 사람들도 다 그래. 그럼 너도 빌려주면 되잖아? 고슴도치가 몇 달만 쓰겠다고 했다면서? 그럼 그렇게 해. 네가 원한다면 나랑 같이 고슴도치를 만나자."

　"사람들도 그렇게 한다고? 난 몰랐어. 이 집을 2년간 빌리기로 했다는 것도 첨 알았어."

망울이는 보물 1호를 빌려줄 수는 있지만, 그 고슴도치가 아예 눌러앉을까 봐 걱정이었어. 그래서 지혜한테 부탁한 거야. 같이 고슴도치를 만나 달라고.

그날 밤 나는 지혜를 데리고 보물 1호 앞으로 갔지.

파란 눈을 밝히고 오던 고슴도치는 깜짝 놀랐다가 상대가 지혜라는 것을 알자,

"내 몸에 있는 진드기를 잡아 준 아이. 고마워. 언젠가 꼭 너한테 이 말을 하고 싶었어."

그 말을 들은 지혜도 환하게 웃었어.

고슴도치도 지혜가 있어서 더 잘됐다고 하였어.

"석 달 정도만 이 굴에서 살고 나갈게. 윤지혜 앞에서 약속할게."

지혜가 땅바닥에다 뭔가를 긁적거리다가,

"계약서를 쓰면 좋겠지만 그럴 수 없으니까 대신 내가 기억할게. 만약 둘 중 하나가 계약을 어기면 내가 엄마 아빠한테 말할 거야. 만약 망울이가 계약을 어겼다면 엄마 아빠한테 그

만한 벌을 받을 것이고, 고슴도치 네가 어겼다면 너도 그렇게 될 거야. 엄마 아빠가 나서면 고슴도치 너도 힘들어질 거야. 마을 사람들까지 다 나설 수도 있으니까."

고슴도치는 잠시 생각에 잠겼다가,

"난 그때, 윤지혜 네가 내 몸에 붙어 있는 진드기들을 잡아 줄 때, 얼마나 고마웠는지 몰라. 솔직히 우리 고슴도치들이 가장 두려워하는 것은 개도 아니고, 고양이도 아니고, 진드기야. 그놈들은 어찌할 수가 없어. 난 그때, 얼마나 걱정했는지 몰라. 네가 혹시 진드기를 잡아내다가 내 독침에 쏘일까 봐. 그래서 독침을 세우지 않으려고 얼마나 애를 썼는지 몰라. 넌 유일하게 인간도 친구가 될 수 있구나, 그런 생각을 하게 한 아이야. 근데 내가 너한테 거짓말하겠니?"

지혜는 친구라는 말을 듣는 순간,

"사실 난 네가 고슴도치 탈을 쓴 친구 같았어."

하고 말해 버렸고, 고슴도치는 진심으로 고맙다고 하였지. 그렇게 해서 우린 다 같이 친구가 된 거야. 진짜 놀라운 순간이었어.

그때부터 내 보물 1호는 고슴도치의 집이 되었지. 물론 그
것은 셋만이 아는 비밀이야. 나는 망고한테도 말하지 않았고,
지혜도 식구들에게 말하지 않았으니까.

그로부터 며칠 뒤, 보물 1호 안으로 들어간 고슴도치가 나
오지 않았어.

나는 혹시 무슨 일이 있나, 걱정되어 슬그머니 들어가 봤
지.

굴 안에서 파랗게 불을 밝힌 고슴도치가,

"모두 다 무사해. 우리 아기들이 태어났거든."

하고 말하자, 이상하게도 가슴이 뜨거워지면서 뭔가 뭉클
해지는 거야.

아, 그랬구나! 나는 무슨 말을 하려다가 꿀꺽 침을 삼킨 다
음,

"축하해, 진심으로 축하해."

그러고는 천천히 돌아서는데, 이상하게도 몸이 부풀어 오르고 기분이 좋아지는 거야. 꼭 하늘을 날아가는 것 같았다고나 할까. 그런 적은 처음이었어.

그 뒷이야기는, 너희들이 맘껏 상상해 봐.

# 작가의 말

올드 잉글리시 시프도그, 망울이의 진실

어느 날 아침 마당에 나갔더니, 테라스 앞에 죽은 뱀이 놓여 있었습니다. 얼마나 놀랐는지 모릅니다. 대체 누가 이랬을까? 저는 개를 의심할 수밖에 없었습니다. 저는 개가 뱀이랑 싸우는 장면도 본 적이 있었으니까요. 게다가 우리 집은 고양이도 오지 않았습니다. 그렇다면 범인은 개밖에 없잖아요?

그런 일은 계속 되풀이되었습니다. 1주일이나 10일 간격으로, 잊힐 만하면 다시 뱀이 보였습니다. 그때마다 저는 개를 혼내 주었습니다. 그러다가 어느 날 밤에 개랑 고슴도치가 마당에서 싸우는 것을 보았습니다. 그제야 범인이 고슴도치라는 것을 알았습니다.

왜 고슴도치가 그런 일을 꾸몄을까요?

분명한 것은, 우리가 그 집으로 이사 오자마자 개가 고슴도치를 발견했다는 사실입니다. 고슴도치는 근처 무덤가에서 살고 있었거든요. 둘 사이에 무슨 일이 있었는지 그건 잘 모릅니다. 헤헤헤, 여러분도 한 번 상상해 보세요. 저는 날마다 그 상상을 하다가 이 책을 쓰게 된 것입니다.

저는 올드 잉글리시 시프도그, 망울이를 통해서 '어린아이의 진실'에 대해서 말하고 싶었습니다. 이 책 속에 나오는 개가 진실을 말해도 사람들이 믿어 주지 않듯이, 아이가 어떤 진실을 말해도 어른들은 들어 주지 않고 자기 생각만 강요할 때가 있으니까요.

몽글몽글 꽃들이 피어나자, 우렁우렁 아이들 메아리도 커지는

이상권

## 글 이상권

산과 강이 있는 마을에서 태어나 대학에서 문학을 공부했다. 어린 시절 본 수많은 동물과 풀꽃 이야기를 동화로 쓰고 있다. 지은 책으로는 〈꼬리에 꼬리를 무는 복수〉 시리즈, 《똥이 어미로 갔을까?》, 《호랑이의 끝없는 이야기》, 《하늘로 날아간 집오리》, 《29센티미터》, 《너 딱 걸렸어!》, 《산에 가자》, 《똥이 어디로 갔을까》 등이 있다. 작품 《고양이가 기른 다람쥐》는 중학교와 고등학교 국어 교과서에 수록되어 있고, 《산에 가자》와 《하늘로 날아간 집오리》 등 10여 권의 책이 일어, 프랑스어, 독일어, 스페인어, 중국어 등으로 소개되었다. 애벌레하고 말하는 것을 좋아해서 2022년에는 《위로하는 애벌레》라는 책을 내기도 했다.

## 그림 고담

디자인 전공을 했고 꾸준히 그림을 그리고 있다. 도심 안양천 근처가 우리 동네다. 멍멍이 김말이랑 산책하다 이제 낯설지 않은 동물들을 만난다. 천에는 커다란 잉어, 백로, 언제부터인가 가마우지도 보인다. 큼지막한 돌다리 밑동에 참게도 붙어 있다. 산책로 숲에는 상처 입은 너구리가 볕을 쬐고 있었고 심지어 뱀 조심 표지판도 흔해졌다. 우리 동네에 다양한 이웃이 살고 있다. 창작 그림책 《찾았다!》가 있으며, 동화책 〈꼬리에 꼬리를 무는 복수〉 시리즈, 《가짜 뉴스를 막아라》, 《돈돈 왕국의 비밀》, 《미스터리 클럽》, 《귀신 고민 해결사》, 《나의 슈퍼걸》, 《돼지는 잘못이 없어요》, 《미확인 바이러스》 등에 그림을 그렸다.